DIACONATO PERMANENTE
O DIÁRIO DE UM DIÁCONO NA HISTÓRIA DA IGREJA

Editora Appris Ltda.
1.ª Edição - Copyright© 2024 do autor
Direitos de Edição Reservados à Editora Appris Ltda.

Nenhuma parte desta obra poderá ser utilizada indevidamente, sem estar de acordo com a Lei n°
9.610/98. Se incorreções forem encontradas, serão de exclusiva responsabilidade de seus organizadores. Foi realizado o Depósito Legal na Fundação Biblioteca Nacional, de acordo com as Leis n°s
10.994, de 14/12/2004, e 12.192, de 14/01/2010.

Catalogação na Fonte
Elaborado por: Dayanne Leal Souza
Bibliotecária CRB 9/2162

B574d
2024
	Bezerra, Alberes
	     Diaconato permanente: o diário de um diácono na história da igreja /
	Alberes Bezerra.
	   – 1. ed. – Curitiba: Appris, 2024.
	   85 p. : il. ; 21 cm. – (Coleção Ciências Sociais).
	
	   Inclui referências.
	   ISBN 978-65-250-6850-3
	
	   1. Diaconato permanente. 2. Jesus Cristo. 3. Globalização. I. Bezerra, Alberes.
	II. Título. III. Série.

	CDD – 200

Livro de acordo com a normalização técnica da ABNT

Appris
editora

Editora e Livraria Appris Ltda.
Av. Manoel Ribas, 2265 – Mercês
Curitiba/PR – CEP: 80810-002
Tel. (41) 3156 - 4731
www.editoraappris.com.br

Printed in Brazil
Impresso no Brasil

Alberes Bezerra

DIACONATO PERMANENTE
O DIÁRIO DE UM DIÁCONO NA HISTÓRIA DA IGREJA

Appris
editora

Curitiba, PR
2024

FICHA TÉCNICA

EDITORIAL Augusto Coelho
Sara C. de Andrade Coelho

COMITÊ EDITORIAL
Ana El Achkar (Universo/RJ)
Andréa Barbosa Gouveia (UFPR)
Antonio Evangelista de Souza Netto (PUC-SP)
Belinda Cunha (UFPB)
Délton Winter de Carvalho (FMP)
Edson da Silva (UFVJM)
Eliete Correia dos Santos (UEPB)
Erineu Foerste (Ufes)
Fabiano Santos (UERJ-IESP)
Francinete Fernandes de Sousa (UEPB)
Francisco Carlos Duarte (PUCPR)
Francisco de Assis (Fiam-Faam-SP-Brasil)
Gláucia Figueiredo (UNIPAMPA/ UDELAR)
Jacques de Lima Ferreira (UNOESC)
Jean Carlos Gonçalves (UFPR)
José Wálter Nunes (UnB)
Junia de Vilhena (PUC-RIO)

Lucas Mesquita (UNILA)
Márcia Gonçalves (Unitau)
Maria Aparecida Barbosa (USP)
Maria Margarida de Andrade (Umack)
Marilda A. Behrens (PUCPR)
Marília Andrade Torales Campos (UFPR)
Marli Caetano
Patrícia L. Torres (PUCPR)
Paula Costa Mosca Macedo (UNIFESP)
Ramon Blanco (UNILA)
Roberta Ecleide Kelly (NEPE)
Roque Ismael da Costa Güllich (UFFS)
Sergio Gomes (UFRJ)
Tiago Gagliano Pinto Alberto (PUCPR)
Toni Reis (UP)
Valdomiro de Oliveira (UFPR)

SUPERVISORA EDITORIAL Renata C. Lopes

PRODUÇÃO EDITORIAL Bruna Holmen

REVISÃO Simone Ceré

DIAGRAMAÇÃO Ana Beatriz Fonseca

CAPA Lucielli Trevizan

REVISÃO DE PROVA Jibril Keddeh

COMITÊ CIENTÍFICO DA COLEÇÃO CIÊNCIAS SOCIAIS

DIREÇÃO CIENTÍFICA Fabiano Santos (UERJ-IESP)

CONSULTORES
Alícia Ferreira Gonçalves (UFPB)
Artur Perrusi (UFPB)
Carlos Xavier de Azevedo Netto (UFPB)
Charles Pessanha (UFRJ)
Flávio Munhoz Sofiati (UFG)
Elisandro Pires Frigo (UFPR-Palotina)
Gabriel Augusto Miranda Setti (UnB)
Helcimara de Souza Telles (UFMG)
Iraneide Soares da Silva (UFC-UFPI)
João Feres Junior (Uerj)

Jordão Horta Nunes (UFG)
José Henrique Artigas de Godoy (UFPB)
Josilene Pinheiro Mariz (UFCG)
Leticia Andrade (UEMS)
Luiz Gonzaga Teixeira (USP)
Marcelo Almeida Peloggio (UFC)
Maurício Novaes Souza (IF Sudeste-MG)
Michelle Sato Frigo (UFPR-Palotina)
Revalino Freitas (UFG)
Simone Wolff (UEL)

*Se as coisas são inatingíveis... ora! Não é motivo para não querê-las.
Que tristes caminhos se não fora a mágica presença das estrelas!*

(Mário Quintana)

*Não foram vocês que me escolheram, mas fui Eu que escolhi vocês. Eu os
destinei para ir dar fruto, e para que o fruto de vocês permaneça. O Pai dará
a vocês qualquer coisa que vocês pedirem em Meu nome.*

(Evangelho de João 15, 16)

AGRADECIMENTOS

Eternamente grato a Deus, que desde o meu nascimento vem me dando possibilidades de realizar grandes sonhos... Muito obrigado.

À Angelina (minha amada princesa) e Felipe (filho), que ao longo desses anos têm me apoiado e ao mesmo tempo são cúmplices dessas realizações... Sem eles seria mais difícil.

Ao meu grande amigo, irmão nessa caminhada, prof. diác. Carlos José Fernandes, um grande idealista, defensor do Diaconato Permanente na Igreja particular de Vitória, que me acolheu, ensinou e orientou a sonhar e ter esperança na implantação do Diaconato em Vitória.

Ao meu querido irmão e amigo professor Robson Loureiro, que, ao longo desses anos, tem sido meu conselheiro, não medindo esforços em ajudar, orientar como enfrentar os desafios da vida. Muito obrigado.

Ao Sr. Dr. Francisco Tosta, pela sua dedicação, orientando que passos tomar nesse caminho ao Diaconato Permanente na Igreja particular de Vitória.

Aos conselhos do Diácono Permanente, Prof. Miguel Aparecido Teodoro, da Diocese de Cachoeiro de Itapemirim, que me ensinou a ser cauteloso e paciente com o tempo que Deus tem para nós...

Ao professor Rodolfo Gaede Neto, quando as primeiras anotações desse sonho estavam nascendo, não medindo esforços na orientação, elaboração futura deste trabalho.

À Comunidade Nossa "Senhora das Alegrias", Vila Nova, pelo acolhimento, e no caminhar da vida, portas foram se abrindo, para que pudesse chegar até aqui...

Pe. Antônio Rocha de Araújo (Pe. Toninho, *in memoriam*), pelos primeiros incentivos, deixando como lembrança uma frase bem simples: "Reze, que esse dia chegará".

Pe. Ivo Ferreira de Amorim, que, quando Pároco das Paróquias "Santa Mãe de Deus" e "São Lucas", ofereceu meios e condições para que eu pudesse passar formações nas comunidades das respectivas paróquias.

Pe. Arlindo Moura de Melo, primeiro diretor da Escola Diaconal "São Lourenço", que, no desenvolver do processo formativo dos "aspirantes ao diaconato", possibilitou-me ser professor da referida escola, a partir da 3ª turma até a 5ª turma.

Amigo Pe. Genilson José Dallapicola (Pe. Nite), pelo seu acolhimento, amizade quando esteve como Pároco das Paróquias "São Lucas" e "São João Paulo II", me orientando, ensinando a viver o diaconato com zelo nas respectivas paróquias.

Dedico este livro aos saudosos Adauto Bezerra da Silva e José Alves da Silva (pai e avô – in memoriam) e a todos os diáconos permanentes desse universo, que, na fé e na vida no Cristo Libertador, inspiram práticas libertadoras.

À MEMÓRIA DE DOM LUIZ MANCILHA VILELA SS.CC.

Minha eterna gratidão ao saudoso Arcebispo Dom Luiz Mancilha Vilela (*in memoriam*), pela sua atenção ao Ministério diaconal. Durante 14 anos (2004-2018) esteve à frente como Pastor da Igreja particular de Vitória, responsável pelo *"zelo da fé e da disciplina eclesiástica da Igreja"*. Sua presença como líder religioso, idealizador, missionário diaconal de Cristo na implantação do ministério do "Diácono Permanente" em Vitória foi fundamental, dando início ao processo formativo e à criação da Escola Diaconal "São Lourenço" e, mais adiante, a ordenação dos três primeiros diáconos, homens casados: Alberes Siqueira Bezerra (Professor), Edísio Corrêa Pinto (Advogado, *in memoriam*), Julio Cesar Bendinelli (Oficial da Polícia Militar).

Louvado seja Deus por esses movimentos do Espírito Santo na vida diaconal na Grande Vitória.

Viver o diaconato é perceber o rosto de Jesus Cristo em cada semblante, nos sofrimentos dos caídos pelos caminhos.

(Alberes Bezerra)

SILÊNCIO E SABEDORIA DE SÃO JOSÉ FORTALECEM O DIACONATO

São José não hesitou o propósito de Deus. Seguiu em frente como "pai adotivo" e educador do Salvador.

Nas horas mais difíceis da Mãe Maria, Nossa Senhora, na educação do menino Jesus, José foi pai, esposo presente no cuidado e no zelo em servir.

Quando precisou fugir das ameaças dos poderosos, José, num jumentinho, partiu para o Egito, protegendo a "Sagrada família" da violência, mesmo em terra estranha.

São José foi o exemplo primórdio do servir diaconal.

São José é o homem da "Diakonia" a ser seguido no Ministério diaconal.

Não há barreiras para o diaconato permanente quando Deus e São José se fazem presentes no ser diaconal.

Viva Deus!

Viva São José!

Viva o diaconato permanente em cada José no mundo de hoje.

O autor

APRESENTAÇÃO

A história é uma das mais encantadoras áreas do conhecimento. Ela pode ser vista como uma senhora, tendo em vista a época (Antiguidade) que seu fundador mais renomado, Heródoto de Halicarnasso (484-425 a.C.), a instituiu. O *Pai* da história teria tido um *espírito realista*, mas para ele o conhecimento devia ser visto com um *saber desinteressado* e o seu princípio (do ato de conhecer) era a *admiração pelas coisas*. Uma espécie de mãe de toda e qualquer investigação científica e de toda e qualquer especulação filosófica (Besselaar, 1962).

Mas, ainda que sua pedra basilar tenha sido lançada com Heródoto, a história ainda é uma jovem e encantadora ciência que começou a dar seus primeiros passos na Modernidade, no século XVIII, com a publicação do livro *Scienza Nuova* (Ciência Nova, 1725), de autoria de Gianbatista Vico (1668-1744). Nesse livro, Vico procurou estabelecer o pontapé inicial daquilo que talvez possa ser considerado a primeira versão de um possível *estatuto científico* para o estudo da História. Na *Ciência Nova*, procura demonstrar a possibilidade de um entendimento científico da história, por ele denominada de a "história ideal eterna", em que busca criar um princípio universal de história para toda e qualquer cultura e sociedade, independentemente do período[1]. A partir do século XIX, este livro de Gianbatista Vico tornou-se um verdadeiro clássico dos estudos relativos à teoria da história, referenciado por inúmeros teóricos e intelectuais.

---

[1] Sobre Giambatista Vico, conferir: OLIVEIRA, Rosana Rodrigues de. A nova ciência de Giambattista Vico le os princípios norteadores do nascimento e desenvolvimento do mundo civil. **Revista Primordium** v. 4 n. 7 jan./jun. 2019. Disponível em: http://www.seer.ufu.br/index.php/primordium. Acesso em: 5 jun. 2024. LENZI, Eduardo Barbosa; VICENTINI, Max Rogério. Vico e a história como ciência. **Acta Scientiarum**, Maringá, v. 24, n. 1, p. 201-210, 2002. Disponível em: https://periodicos. uem.br/ojs/index.php/ActaSciHumanSocSci/article/download/2436/1707/. Acesso em: 5 jun. 2024.

De acordo com Eduardo Barbosa Lenzi e Max Rogério Vicentini (2002, p. 201), "Vico nunca conseguiu atingir grande notoriedade com suas ideias, o que talvez tenha ocorrido pelo fato de ele ter contrariado uma das principais correntes do pensamento filosófico daquele período (século XVII e XVIII) do período, que é o *racionalismo cartesiano*". Nesse sentido, continua Vicentini (2002, p. 21), "[...] foi justamente desse embate que surgiu a *Nova Ciência* proposta por Vico, pois, para ele, '[...] os sentimentos, a retórica e a própria história seriam produtos humanos fundamentais que não poderiam ser conhecidos pelo método matemático'".

As fontes da história, para Heródoto, estavam carregadas de uma aura experimental, tal como exigido na *Paideia* grega. Heródoto foi um viajante que ousou experimentar e antecipou o conceito de *Erfahrung* (experiência), muito característico da cultura alemã contemporânea. Esse conceito pode ser traduzido por aquele que viaja e, ao viajar, experimenta. No caso de Heródoto, ele conhecia inúmeras culturas e suas viagens foram registradas. Mas Gianbatista Vico não foi um viajante. Suas fontes foram mais documentais do que experiências de viagem.

A prosa histórica de Alberes Bezerra, autor do livro que ora o leitor e a leitora têm em mãos, recorre ao *diário* como *fonte histórica*. Trata-se de uma fonte que pode possibilitar ao historiador a compreensão de eventos, fatos históricos. Os diários são registros de vida que formam os arquivos pessoais. A "aceitação" do diário como fonte histórica só foi possível no século XX, a partir de meados dos anos 1980, especificamente com a instituição da História Cultural, que redimensionou e deslocou o olhar sobre a história ao incluir a sensibilidade como forma de compreensão das histórias de vidas. Articulada aos estudos antropológicos, a História Cultural considerou os diários como registros das experiências cotidianas no regime de historicidade. Além da História Cultural, a Micro-História também contribui para a valorização dos arquivos pessoais, pois foi desde o macro até o micro e, com isso, permitiu uma abertura contínua no campo historiográfico no trato de outras fontes, especificamente os diários que enfatizam as pesquisas a respeito da memória e do eu, das escritas pessoais, dos testemunhos, das biografias e autobiografias.

Alberes Bezerra, além de graduado em História e Filosofia, é o diácono que narra, de forma vívida e visceral, elegante e comprometida, a história da criação da Escola Diaconal São Lourenço, da Cidade de Vitória (ES).

De acordo com Matt Smethurst (2022, p. 28), na Roma Antiga, por volta do ano 258 d.C., São Lourenço era um dos sete diáconos que serviam na Capital do Império Romano. A ele cabia a tarefa de supervisionar o caixa da Igreja e as distribuições aos pobres. No mês de agosto daquele ano, Valeriano promulgou um édito no qual todos os bispos, sacerdotes e diáconos deviam ser presos e assassinados (Smethurst, 2022). Esse autor afirma que Lourenço foi preso e a exigência para sua libertação foi que entregasse o tesouro da igreja. Não obstante, ele entregou o dinheiro da igreja a pessoas de sua confiança e depois reuniu pessoas enfermas, idosas, pobres, viúvas e as crianças órfãs. Depois, na companhia desse grupo, retornou à corte e após o tumulto causado pela aglomeração, em frente ao órgão público, o magistrado exigiu-lhe uma explicação. Lourenço então respondeu: "[...] trouxe o que pediu". E, ao apontar para as pessoas por ele reunidas, completou: "Eis os tesouros da igreja". Esse teria sido o estopim para que Lourenço fosse condenado à morte (Smethurst, 2022, p. 28).

Alberes Bezerra nos convida a conhecer os preâmbulos da história que deu origem à construção da Escola Diaconal São Lourenço, da Arquidiocese de Vitória (ES). Como testemunha ocular da história, de forma leve, mas comprometida, somos conduzidos pelo testemunho de fé do autor, um diácono que ajudou a realizar o sonho de inúmeros cristãos que desejavam seguir a prática diaconal, cuja essência é servir, de forma abnegada, para o bem do outro.

De forma tímida, o diácono Alberes Bezerra, que é autor e, assim como a Escola São Lourenço, é personagem central deste livro, denuncia a cultura individualista contemporânea, que tem enaltecido a propaganda do *afirme-se,* quando o *afirmar* nada mais, nada menos é o *aparecer nas telas* que veiculam o modelo de vida egoico, narcisista que circula nas *redes sociais virtuais.* Enquanto isso, os diáconos, quando compromissados pelos ensinamentos de Jesus Cristo, buscam formas de negar essa cultura midiática que dissolve a fraternidade, a irmandade, a generosidade, a piedade, o perdão, a compaixão, a solidariedade, a comunhão. O que se depreende da leitura do livro de Alberes Bezerra é que os diáconos estão não apenas preocupados, mas visceral, política e teologicamente engajados em traçar estratégias de formar as novas gerações de cristãos para servir aos outros – o *não idêntico,* o estrangeiro, o *não familiar,* os excluídos, os abandonados pela família, pelo Estado etc.

No percorrer da leitura somos cativados pela narrativa envolvente, caridosa, e politicamente coerente com a prática diaconal, e ao final chega-se à conclusão de que o *diácono permanente* é um agente, um ator principal na divulgação de uma religião cristã viva, comprometida com os desafios da vida contemporânea, mas articulada com os ensinamentos trilhados por Jesus junto com seus discípulos e apóstolos. A diaconia é parte intrínseca da história da Igreja Católica, assim como as Protestantes Históricas.

Por fim, mas não por último, devo confessar que tive o prazer de ter sido professor de Alberes Bezerra, quando ele era aluno e cursou a disciplina Filosofia da Cultura, por volta do final da graduação em Filosofia, na Universidade Federal do Espírito Santo (Ufes). Naquela época ele já era docente e atuava tanto em escolas públicas como privadas. Também tive o privilégio de ter participado do dia em que foi ordenado Diácono Permanente. Evento que aconteceu na Catedral de Vitória, no ano de 2010. E lá se vai mais de uma década de amizade, repleta de reconhecimento mútuo, carinho e amor fraterno.

Finalizo esta apresentação com a esperança de que a leitura deste livro não apenas cative, sensibilize, mas crie as condições reais de possibilidade para que se dissolva qualquer tipo de preconceito com relação ao trabalho realizado pelos diáconos das igrejas cristãs, quer seja anglicana, calvinista, batista, presbiteriana, luterana ou metodista, mas principalmente aqueles que atuam na Igreja Católica Apostólica Romana, da qual faz parte a Escola Diaconal São Lourenço, que é objeto deste opúsculo.

Vitória (ES), 13 de junho de 2024.

Robson Loureiro

Professor Titular da Universidade Federal do Espírito Santo (Ufes). Pós-doutorado em Filosofia – School of Philosophy da University College Dublin (Irlanda). Doutor em Educação (História e Política) pelo PPGE/ UFSC – Brasil.

REFERÊNCIAS

BESSELAAR, José Van Den. Conferência: Heródoto, o Pai da História. **Revista de História**. Vol. XXIV Ano XIII, n. 49, 1962, p. 3-26. Disponível em: https://www.revistas.usp.br/revhistoria/article/view/121556/118443. Acesso em: 5 jun. 2024.

LENZI, Eduardo Barbosa; VICENTINI, Max Rogério. Vico e a história como ciência. **Acta Scientiarum** Maringá, v. 24, n. 1, p. 201-210, 2002. Disponível em: https://periodicos.uem.br/ojs/index.php/ActaSciHuman-SocSci/article/download/2436/1707/. Acesso em: 5 jun. 2024.

SMETHURST, Matt. **Diáconos**: como eles servem e fortalecem a Igreja. Tradução de Rogério Portella. São Paulo: Vida Nova, 2022. 192p. (Série Nove Marcas).

PREFÁCIO

Foi com grande satisfação que recebi o convite para prefaciar esta obra organizada pelo Professor Alberes Bezerra, cuja amizade vem sendo mantida desde 1990, quando ele ingressou no magistério estadual como professor de ensino religioso, e solidificada até a presente data nas atividades pastorais que juntos realizávamos na paróquia em que atuávamos.

Dessa atuação, surgiu o desejo de se consagrar ao serviço da caridade por meio do Diaconato Permanente, cujo ministério era ainda inexistente na Igreja particular de Vitória-ES, culminando tempos depois com sua ordenação ao referido ministério em setembro de 2010, na Catedral Metropolitana daquela cidade, abrindo caminho para outros vocacionados ao dito ministério que viriam posteriormente.

Hoje, Alberes, pelas páginas que seguem, perfaz os caminhos que levaram à instauração do Diaconato Permanente nessa Igreja de Vitória-ES, apontando sua importância para o registro nos anais da história da linda caminhada empreendida por ela.

Faço votos de que este livro desperte e estimule o chamado diaconal no meio do povo de Deus, ajudando não só a Igreja de Vitória, mas de todo o Brasil, na sua missão evangelizadora/caritativa conforme as exigências do plano de Deus.

Vila Velha (ES), 24 de maio de 2024

Festa de Nossa Senhora Auxiliadora

Diácono Carlos José Fernandes

LISTA DE SIGLAS

B S E P – Bíblia Sagrada Edição Pastoral

CDC –Código de Direito Canônico

CPSDP – Carta Pastoral sobre Diaconato Permanente

CEBs – Comunidades Eclesiais de Base

CNBB – Conferência Nacional dos Bispos do Brasil

D A –Documento de Aparecida

EDSL – Escola Diaconal São Lourenço

F R – Fides et Ratio

OSDP – Orientações sobre Diaconato Permanente

R H – Redemptor Hominis

SUMÁRIO

INTRODUÇÃO 31

CAPÍTULO I
O DESEJO E A LUTA SILENCIOSA 33

CAPÍTULO II
POSSE DE D. LUIZ MANCILHA...
A ESPERANÇA E A PROMESSA 35

CAPÍTULO III
CONVERSA COM OS PADRES
DA ÁREA DE VILA VELHA 37

CAPÍTULO IV
CARTA PASTORAL DO ARCEBISPO:
ORIENTAÇÕES SOBRE O DIACONATO PERMANENTE 39

CAPÍTULO V
LANÇAMENTO DA CARTA: NOMEAÇÃO
DA EQUIPE PREPARAÇÃO PARA A INSTALAÇÃO
DA ESCOLA DIACONAL 41

CAPÍTULO VI
PRIMEIROS ENCONTROS COM OS CANDIDATOS 43

CAPÍTULO VII
ENCONTROS COM OS CANDIDATOS: CAMINHOS
A SEREM SEGUIDOS SOB A ORIENTAÇÃO DA IGREJA 45

CAPÍTULO VIII
PRIMEIRO RETIRO REALIZADO COM OS CANDIDATOS AO DIACONATO PERMANENTE DA ARQUIDIOCESE DE VITÓRIA 47

CAPÍTULO IX
INÍCIO DAS AULAS — PROPEDÊUTICO — A PRIMEIRA TURMA 49

CAPÍTULO X
MISSA DE ABERTURA OFICIAL DA ESCOLA SÃO LOURENÇO 53

CAPÍTULO XI
DIACONIA: A DIMENSÃO QUE LIBERTA 55

CAPÍTULO XII
CELEBRAÇÃO EUCARÍSTICA / COMEMORAÇÃO DOS 50 ANOS DA CRIAÇÃO DA ARQUIDIOCESE DE VITÓRIA / APRESENTAÇÃO DOS CANDIDATOS AO DIACONATO PERMANENTE 59

CAPÍTULO XIII
QUAIS OS CAMPOS DE ATUAÇÃO DO DIÁCONO PERMANENTE NA ARQUIDIOCESE DE VITÓRIA (ES) / PERSPECTIVAS E DESAFIOS 61

No campo da política 63

Na educação 64

Na saúde pública 65

Nos presídios 67

No meio ambiente 67

Na família 69

Convivência ética na diaconia 70

Na administração patrimonial da Igreja de Vitória (Arquidiocese, Diocese, Paróquias) 72

CAPÍTULO XIV
ORIENTAÇÃO DO SUMO PONTÍFICE JOÃO PAULO II
SOBRE A "DIACONIA DA VERDADE"...75

CAPÍTULO XV
ENCONTRO DOS ASPIRANTES EM FASE DE
DISCERNIMENTO / PROPEDÊUTICO COM OS CANDIDATOS
AO DIACONATO PERMANENTE — 1.º ANO DE TEOLOGIA......77

CONCLUSÃO...79

REFERÊNCIAS..83

INTRODUÇÃO

Na Igreja Católica Apostólica Romana, os "ministérios surgem conforme as necessidades do povo e da Igreja". No que se refere ao diaconato, pode-se afirmar que o livro dos "Atos dos Apóstolos" é uma das principais referências e base para o início da vida diaconal como missão da caridade, com os "caídos pelos caminhos" de ontem e de hoje. Por volta dos anos 80 e 90 d.C., houve uma grande discussão entre os discípulos e os fiéis de origem grega, que questionaram sobre os cuidados com as "viúvas que eram deixadas de lado no atendimento diário". Então os Doze convocaram uma assembleia geral dos discípulos e disseram: "[...] 'Irmãos, é melhor que escolham entre vocês sete homens de boa fama, repletos do Espírito Santo e de sabedoria'". A proposta foi aceita pelas pessoas que ali se encontravam para a solução de suas necessidades, o acolhimento. Os primeiros diáconos no contexto da vivência no Espírito Santo, a partir dos "Atos dos Apóstolos", foram: Estevão, Filipe, Prócoro, Nicanor, Timon, Pármenas e Nicolau de Antioquia – este um pagão que seguia a religião dos judeus (Atos dos Apóstolos, 6,1-7).

O tempo passou, mas o desejo de servir a Deus e ao outro sempre esteve presente na caminhada de homens e mulheres que têm buscado ampliar tudo o que foi criado pelo Divino e assim plenificar a vida aqui na terra.

Diante desses desafios, nas Comunidades Eclesiais de Base (CEBs), o compromisso com o trabalho pastoral realizado da Arquidiocese de Vitória e as constantes formações oferecidas para o melhor desempenho das tarefas suscitaram entre alguns leigos casados o desejo de se consagrarem a Deus com maior profundidade através do Diaconato Permanente.

Muitos deles já haviam tido uma experiência em seminários ou institutos de vida religiosa e o chamado do Senhor os encaminhava a se engajarem no trabalho pastoral de suas comunidades, pois alguns membros do Clero, nesse momento, por desconhecerem a riqueza deste ministério diaconal, que juntos com os Presbíteros, o Arcebispo, pudessem cuidar do "zelo da fé" na administração das paróquias na Igreja particular de Vitória.

O objetivo central deste pequeno opúsculo é, de forma simples e apaixonada, narrar um pouco dessa história, cujo desfecho foi a ordenação dos três primeiros diáconos permanentes da Arquidiocese de Vitória do Espírito Santo: Alberes Siqueira Bezerra, Edísio Corrêa Pinto (*in memoriam*) e Julio Cesar Bendinelli.

Conjuntamente ao servir diaconal: Alberes Siqueira Bezerra. É filho das CEBs. Casado. Pernambucano. Mora há 47 anos em Vila Velha. Licenciado em Filosofia, História e Pedagogia, e bacharel em Teologia. Professor há 30 anos em escolas públicas e em instituições privadas. E desde de jovem sentiu o chamado de Deus para a vida religiosa. Exerce o seu diaconato na Paróquia "São Lucas", Vila Velha.

Edísio Corrêa Pinto (in memoriam), casado, formado em Direito, Administração de Empresas e Teologia. Exerceu seu Ministério na Paróquia "São João Batista" – Cariacica Sede, por 12 anos.

Julio Cesar Bendinelli. Mestre e doutor em Teologia. Professor. Oficial da Polícia Militar e vice-presidente da Comissão Nacional dos Diáconos (CND) do Brasil. Responsável pela Capelania "Nossa Senhora da Vitória dos Militares do Espírito Santo", Maruípe, Vitória-ES.

CAPÍTULO I

O DESEJO E A LUTA SILENCIOSA

Em 1985, em uma das reuniões de área realizada em Vila Velha, o então Agente de Pastoral (essa era a denominação que se dava na época aos leigos que representavam suas Paróquias), Juvenal Marcelino, levantou a questão a respeito do Diaconato Permanente, mas sua voz não encontrou eco. No ano seguinte, foi a vez do professor Carlos José refletir o assunto nos encontros de formação realizados na Paróquia Santa Mãe de Deus, no Instituto do Bem Estar Social (Ibes), e, com o tempo, o professor Alberes Bezerra que veio somar.

Diante de tantas "investidas" sem solução, Juvenal Marcelino desistiu e foi se dedicar à política, e os professores Alberes Bezerra e Carlos José continuaram firmes com o apoio do Pároco da época, Pe. Antônio Rocha Araújo, hoje Monsenhor Toninho (*in memoriam*), e do Doutor Francisco Tosta de Almeida, conselheiro Paroquial.

Os trabalhos realizados em prol do Diaconato feitos pelos professores consistiam em conversas com Padres amigos, cartas e artigos ou reportagens de outras Dioceses enviadas ao então Arcebispo D. Silvestre Luís Scandian (*in memoriam*), que, por sua vez, nutria o mesmo objetivo, tentando instituí-lo, mas percebia que o momento não era chegado e nos pedia calma e oração.

Nos anos de 1997 e 1998. D. Silvestre Luís Scandian (*in memoriam*) e seu Bispo Auxiliar, D. João Braz de Aviz, motivados pelo lançamento das "Normas FUNDAMENTAIS PARA A FORMAÇÃO DOS DIÁCONOS PERMANENTES" do saudoso Papa João Paulo II (*in memoriam*), provocaram estudos entre os padres nas áreas pastorais e Conselho Presbiterial.

No ano de 2003, na Assembleia do Clero, a Arquidiocese promoveu um dia de formação sobre o Diaconato Permanente, assessorado pelo presidente da Comissão Nacional dos Diáconos Permanentes, José Duran y Duran, que muito auxiliou na compreensão do ministério ordenado.

Aproveitando a oportunidade, no dia 18 de maio daquele ano, leigos também tiveram um dia de estudo sobre o assunto, e cada Paróquia enviou dois representantes.

Durante o encontro houve um grupo que foi ao local com o objetivo de "intimidar" o palestrante com perguntas "capciosas", mas o mesmo se saiu muito bem com argumentos apropriados pautados na Doutrina da Igreja e no Código Canônico, desestabilizando o grupo, que não tinha conhecimento de causa para o debate...

Esta foi a primeira vez que o Diaconato Permanente foi assunto aberto na Arquidiocese de Vitória.

CAPÍTULO II

POSSE DE D. LUIZ MANCILHA...
A ESPERANÇA E A PROMESSA

Durante o encerramento da Festa da Penha (uma festa religiosa tradicional no estado do Espírito Santo que tem início no Domingo de Páscoa), em abril de 2004, D. Silvestre Luís Scandian (*in memoriam*), num gesto solene, entregou o *báculo* (bastão alto, cajado) a D. Luiz Mancilha Vilela (*in memoriam*) e a *casula* (paramento eclesiástico, veste para celebrar a missa) que havia recebido do Papa João Paulo II (*in memoriam*) quando visitou o Espírito Santo, simbolizando a transferência do governo Arquidiocesano.

Os que aspiravam ao Diaconato viram naquele ato uma esperança, pois tinham informações de como o ministério havia sido encaminhado durante o pastoreio do mesmo na Diocese de Cachoeiro de Itapemirim.

Uma das principais medidas realizadas pelo novo Pastor foi visitar as Paróquias para conhecer de perto como estavam sendo encaminhados os trabalhos pastorais até então.

Em algumas Paróquias, onde se encontravam aqueles que haviam participado do encontro com o diácono José Duran y Duran, a pergunta sobre o Diaconato era feita e o Arcebispo D. Luiz Mancilha Vilela (*in memoriam*) respondia que iria rever a questão assim que tomasse ciência da realidade da Arquidiocese.

Nos anos 2004 e 2005, D. Luiz Mancilha Vilela (*in memoriam*), com ajuda de alguns Padres e do Conselho Presbiteral, encaminhou um estudo sobre o Diaconato nas reuniões dos Padres nas áreas pastorais com o intuito de conscientizar e levar ao conhecimento de todos o significado desse ministério para a Igreja local, pedindo um relatório e parecer sobre a possibilidade de sua instituição ou não.

A maioria dos Padres deu parecer favorável, alguns pediram para continuar a reflexão, outros achavam que deveria ser um dos temas para o Sínodo Arquidiocesano e alguns se manifestaram contra.

Em 10 de dezembro de 2004, Alberes Bezerra, Carlos José e o Doutor Francisco Tosta de Almeida foram recebidos em audiência, às 15h30, no Paço Arquepiscopal. Doutor Francisco Tosta de Almeida havia marcado a audiência para tratar de assuntos de cunho pessoal e aproveitou o momento convidando os amigos para que pudessem expor ao Arcebispo D. Luiz Mancilha Vilela (*in memoriam*) suas intenções a respeito do Diaconato Permanente.

No final, o religioso pediu ao Doutor Francisco Tosta de Almeida que conversasse com os párocos do IBES e de Novo México para enviarem um ofício contendo nome e intenção dos pretendentes, a fim de que fossem apresentados como primeiros candidatos na reunião do Conselho Presbiteral do ano seguinte. Os três saíram da audiência com a "promessa" de que tudo seria encaminhado o mais rápido possível.

CAPÍTULO III

CONVERSA COM OS PADRES DA ÁREA DE VILA VELHA

Assim que tomaram conhecimento da audiência, os Padres Jair Côco e Jorge Campos Ramos fizeram o referido ofício e encaminharam-no pessoalmente ao Arcebispo D. Luiz Mancilha Vilela (*in memoriam*). A partir daquele momento, esses Padres tiveram uma participação significativa e decisiva no processo de discussão do Diaconato em Vila Velha.

Padre Jorge Campos, na época, sugeriu ao Carlos José que conversasse com alguns Padres da área a respeito do assunto, sugestão essa que também teve uma valiosa colaboração de Alberes Bezerra, sob a orientação preciosa do Padre Jair Côco, que gradativamente ia orientando as discussões reflexivas do Diaconato Permanente para a Paróquia "São Lucas" em Novo México, Vila Velha-ES.

Após várias conversas e discussões, no dia 3 de junho de 2005, os Padres de Vila Velha decidiram acolher a proposta do Diaconato, encaminhando-a ao Conselho Presbiteral em julho daquele ano para apreciação.

CAPÍTULO IV

CARTA PASTORAL DO ARCEBISPO: ORIENTAÇÕES SOBRE O DIACONATO PERMANENTE

Depois de ouvir o Clero, no segundo semestre de 2005, D. Luiz Mancilha Vilela (*in memoriam*) decidiu escrever uma Carta Pastoral na qual deixou orientações precisas sobre o ministério do Diaconato, inspirada na palavra de Deus e no magistério da Santa Igreja Católica. O ministério, segundo a carta, seria adotado na Igreja de Vitória (ES) por tempo parcial, ou seja: "[...] os Diáconos viveriam de suas profissões, não onerando os cofres da Mitra Arquidiocesana e passariam por um período de cinco anos de formação" (SS.CC VILELA, Carta: 0003-11/2006).

Os candidatos ao diaconato deveriam apresentar, às suas respectivas famílias, uma *carta de concordância* para que pudessem de fato assumir o novo estado de vida junto ao Sacramento do Matrimônio, e dessa forma exerceriam o Ministério nos ambientes nos quais o Bispo estivesse presente de forma constante, além de, quando designados, colaborarem com os presbíteros nas paróquias.

Nesse sentido, a Carta Pastoral trouxe a certeza de que, a partir daquele acontecimento,o Espírito de Deus proporcionava um novo momento na caminhada da Igreja, em particular da cidade de Vitória-ES.

CAPÍTULO V

LANÇAMENTO DA CARTA: NOMEAÇÃO DA EQUIPE PREPARAÇÃO PARA A INSTALAÇÃO DA ESCOLA DIACONAL

No dia 5 de dezembro de 2006, o Conselho Presbiteral fez sua última reunião, momento no qual Dom Luiz Mancilha Vilela (*in memoriam*) lançou a Carta Pastoral, criou a Escola Diaconal e nomeou o Padre Arlindo Moura de Melo como diretor, a fim de que pudesse dar os primeiros encaminhamentos. No início de 2007, na reunião do Conselho Presbiteral, D. Luiz Mancilha Vilela (*in memoriam*) indicou os Padres Luiz Henrique Mendes, Carlos Pinto Barbosa e Ivo Ferreira de Amorim para colaborarem com o Padre Arlindo Moura de Melo nessa nova missão.

Em janeiro de 2007, Padre Arlindo Moura de Melo enviou a todos os Padres da Arquidiocese carta e relatório sobre o Diaconato, com orientações e datas dos primeiros encontros vocacionais para discernimento. O local escolhido para instalação da futura Escola foi a antiga "Casa de Maria", da Renovação Carismática Católica da Arquidiocese, que funcionava embaixo do prédio do Instituto de Filosofia e Teologia da Arquidiocese de Vitória-ES (IFTAV), ao lado da Igreja de São Gonçalo, em frente do viaduto Caramuru, no Centro Histórico da capital capixaba.

Com a ajuda financeira do Seminário, Padre Arlindo Moura de Melo e a equipe conseguiram, com muito empenho e trabalho, iniciar as obras de reforma da Escola e montar a Grade Curricular do Curso, para que no tempo oportuno se iniciasse o processo de formação.

CAPÍTULO VI

PRIMEIROS ENCONTROS COM OS CANDIDATOS

Pe. Arlindo Moura de Melo, fazendo jus à missão confiada a ele, referente às tarefas mencionadas, enviou às Paróquias uma carta vocacional, explicando o momento novo iniciado naquele instante na vida Arquidiocesana e, ao mesmo tempo, solicitando aos Párocos que enviassem possíveis candidatos ao ministério.

Os candidatos tiveram o seu primeiro encontro no dia 23 de fevereiro de 2007, no salão anexo da Mitra Arquidiocesana, tendo como assessores o próprio Padre Arlindo Moura de Melo e o então Reitor do Seminário, Padre Luiz Henrique Mendes. O encontro teve início com a apresentação dos presentes, totalizando quarenta e seis candidatos.

É interessante ressaltar a importância da reflexão do Diaconato Permanente. Aos poucos, diversos sacerdotes, quando se deparavam com alguns pré-candidatos, iniciavam um diálogo sobre o assunto. Foi o que aconteceu no ato religioso na Praia de Itaparica (cidade de Vila Velha-ES): "A onda é Jesus", em janeiro de 2007, quando o Pe. Anderson Gomes encontrou com um dos candidatos (Alberes Siqueira Bezerra), irmão da Paróquia "São Lucas", e mencionou: "Oh! No dia 23 de fevereiro haverá o primeiro encontro para discerni-mento e formação diaconal da Igreja de Vitória". Um mês depois, ele escreveu um artigo na Revista *Vitória*, no qual expunha para a sociedade capixaba a reflexão sobre o diaconato: *"Igreja prepara homens casados para Ordenação"* (Gomes, 2007, p. 12-13).

O tema refletido foi: "Diaconato – graça e dom do Espírito Santo", em que ele explica a origem, o carisma e o sentido do Diaconato como um dos ministérios de serviço prestado à Igreja Católica.

Naquele momento, os candidatos iniciavam um período de discernimento vocacional, até junho. Em julho, realizou-se o primeiro retiro e, em agosto, começou o Propedêutico para um período de cinco meses, já nas dependências da nova Escola. Os encontros seguintes aconteceram de março a junho de 2008. O último foi realizado com a presença das esposas, que puderam ver de perto a dimensão do ministério almejado pelos maridos.

CAPÍTULO VII

ENCONTROS COM OS CANDIDATOS: CAMINHOS A SEREM SEGUIDOS SOB A ORIENTAÇÃO DA IGREJA

No terceiro encontro de discernimento vocacional, em 27 de abril de 2007, assessorado pelo seminarista Arlindo Manoel, a "Diaconia de Jesus, Mestre e Senhor" foi o tema de reflexão da noite. Serviço foi o vocábulo mais trabalhado, explanado e aprofundado naquela ocasião. Houve, de fato, um momento de conscientização de que o Diaconato só tem sentido no seu existir por meio do serviço ao outro. Nesse encontro, também fizemos uma votação para escolher o patrono da Escola Diaconal. O diretor, Padre Arlindo Moura de Melo, fez um breve resumo da vida de três santos indicados para a votação:

Santo Inácio de Antioquia	Festa: 17 de outubro
Santo Estêvão, Mártir	Festa: 26 de dezembro
São Lourenço, Diácono	Festa: 10 de agosto

Foi escolhido em segundo turno, São Lourenço, com 28 votos, para ser o Patrono da primeira Escola Diaconal da Arquidiocese de Vitória. Na oportunidade, foi proposta a venda de uma rifa para aquisição de uma imagem do referido santo, a ser sorteada durante o retiro de julho de 2007.

Nos dias que antecederam o Retiro, o diretor da Escola Diaconal convocou os candidatos para uma conversa particular, cada um com horário marcado, e apresentou-lhes as respostas de um questionário distribuído em encontros passados.

Durante a conversa, foram passadas, para cada um, informações a respeito do funcionamento da Escola, custos da formação, período previsto, grade curricular e agendamento de encontros avulsos que iriam acontecer ao longo do processo.

A partir dali, a segunda etapa do discernimento vocacional estava sendo iniciada...

CAPÍTULO VIII

PRIMEIRO RETIRO REALIZADO COM OS CANDIDATOS AO DIACONATO PERMANENTE DA ARQUIDIOCESE DE VITÓRIA

O Retiro aconteceu em Vila Velha, no Centro de Formação Martina Toloni, nos dias 13, 14 e 15 de julho de 2007. Pe. Arlindo Moura de Melo e as equipes de formação prepararam toda a infraestrutura para a sua realização. A condução do Retiro ficou por conta de D. Mário Márquez, Bispo Auxiliar da Arquidiocese, para um público de quarenta e três candidatos.

A primeira noite foi marcada pelas presenças dos Diáconos Permanentes Ary Paula Nascimento e João Bosco, da Diocese de Cachoeiro de Itapemirim. Eles conduziram uma reflexão sobre a Espiritualidade Diaconal, e compartilharam um pouco de sua experiência do dia a dia frente ao Ministério Diaconal.

Nos dias seguintes, D. Mário Marquez coordenou a discussão sobre vários temas com o grupo, além te ter orientado os momentos de oração, reflexão pessoal e partilha. Esses foram os espaços e o tempo para que cada candidato pudesse ampliar o conhecimento sobre os colegas de curso.

Na avaliação final, o Bispo Auxiliar D. Mário Marquez achou significativa a atuação dos candidatos nas suas respectivas Paróquias, para ele aquele grupo representava a *"nata"* da Igreja Católica de Vitória. Após a missa, houve um momento de fotos do grupo com D. Mário Marquez para registro nos anais da Igreja Católica de Vitória.

Percebeu-se no íntimo de cada candidato a importância dessas fotos com o Bispo Auxiliar D. Mário Marquez, o encurtamento do caminho rumo ao Diaconato, que mais tarde veio a ser publicado o artigo "Um novo serviço para Igreja de Vitória".

Sorteada, a rifa vendida para aquisição da imagem do padroeiro teve como ganhadora uma devota da Paróquia Nossa Senhora das Graças, onde o diretor da Escola Diaconal atua como Pároco.

CAPÍTULO IX

INÍCIO DAS AULAS — PROPEDÊUTICO — A PRIMEIRA TURMA

As atividades da Escola Diaconal São Lourenço tiveram início na noite de 3 de agosto de 2007. Ali foi o propedêutico para os candidatos ao Diaconato Permanente, na Arquidiocese de Vitória.

O propedêutico foi estruturado para um período de cinco meses e aconteceria às sextas-feiras, no período de agosto a setembro, no qual os alunos estudariam Teologia/Espiritualidade, e Psicologia aos sábados.

Nos meses de outubro a dezembro, Antropologia/Filosofia e Teologia do Ministério Diaconal, além de encontros de convivência, retiro e avaliação final.

A aula inaugural ficou a cargo do Frei Nolvi Dela Costa, Pároco do Santuário Divino Espírito Santo, da cidade de Vila Velha. Ele foi encarregado de lecionar Teologia Fundamental.

Durante a aula, o Frei Nolvi Dela Costa explicou sobre a importância do Diaconato na Igreja e, para tanto, lançou mão de argumentos fundamentados no texto bíblico, a trajetória histórica até os dias atuais, com enfoque na Teologia Fundamental (o estudo da Palavra de Deus e seu acolhimento pelo ser humano).

A aula encerrou-se com uma mensagem do Frei Nolvi Dela Costa, que, com um tom contagiante e entusiasmado, nos disse: "Você que aqui está, e que inicia a Escola de Formação Diaconal, saiba que um dia você poderá vivenciar tudo isso, se mantiver presente a perseverança e a consciência de querer ser um servo – servidor do Evangelho de Nosso Senhor Jesus Cristo. Seja assíduo frequentador desta Escola, a sua formação será uma herança que ninguém poderá tirá-la de você".

Na manhã do dia 4 de agosto de 2007, o Pe. Jesimar Soares, auxiliar da recém-criada Paróquia de Santa Rita, da cidade de Vila Velha, lecionou a disciplina de Psicologia. Após a invocação do Espírito Santo, ele solicitou que fizéssemos uma linha do tempo, para que o mesmo pudesse conhecer cada um. O momento foi muito proveitoso, pois cada aluno descreveu sua história particular, que enriqueceu ainda mais a caminhada do grupo.

É comum, numa aula de Psicologia, refletir sobre ansiedade, vontade, desejo e a não complementação de algo tão sonhado na existência do ser. Em determinado momento, o Pe. Jesimar Soares fez a seguinte pergunta para os alunos da Escola Diaconal: *"Qual seria a reação de vocês, se no final dos estudos a Igreja percebesse que vocês não poderiam chegar à Ordenação Diaconal?"* Por alguns instantes o silêncio foi motivo de grande reflexão, e quando o candidato Carlos José respondeu, sua resposta entrelaçou-se nas dependências da Escola: *"Padre, aqui se encontram homens sérios e de caminhada com o único propósito de servir a Deus e a Igreja. Porém, o próprio discernimento vai levando com que os candidatos vão descobrindo verdadeiramente o seu chamado, a sua vocação, para servir ao Senhor e atender a Igreja de Vitória nos seus desafios à luz da caridade do Evangelho de Nosso Senhor Jesus Cristo."*

A primeira turma da Escola Diaconal, iniciada em agosto de 2007, contou com 36 candidatos, assim registrados:

- Adilson Mendes Coelho – Vitória

- Alberes Siqueira Bezerra – Vila Velha

- Alexandre G. da Vitória – Vila Velha

- Almir da Conceição Benedito – Vila Velha

- Antônio R. dos Santos – Cariacica

- Carlos Fernandes D'Avila – Vila Velha

- Carlos José Fernandes – Vila Velha

DIACONATO PERMANENTE

- Charles Mota Possati – Nova Almeida
- Cláudio Pereira Lazarini – Vila Velha
- Cláudio Luiz M. Campelo – Vila Velha
- Edísio Corrêa Pinto – Vitória
- Emanuel Souza Duarte – Vila Velha
- Gelder Antônio Marquezi – Vila Velha
- Isidoro Stein – Vitória
- Jeremias Messias Diniz – Cariacica
- José Benedito M. Varejão – Vitória
- José Francisco Batista – Vila Velha
- José Roberto R. de Souza – Fundão
- José Saturnino de S. Freitas – Serra
- José Tarcizo T. da Silva – Vitória
- Jovercino Alves Neto – Cariacica
- Júlio César Bendinelli – Vitória
- Mário Pinto Emery – Vila Velha
- Marcos Augusto Rodrigues – Vitória
- Marcos José Rezende – Vitória
- Marcos Batista Soares – Vitória
- Margos Batista Soares – Vitória

- Mauro César Bertolani – Vila Velha

- Miguel Pedrini Nunes – Vitória

- Paulo Sérgio Ferreia – Serra

- Pedro Crisóstomo da Trindade – Vitória

- Ricardo Ozório – Vila Velha

- Romário Folador – Cariacica

- Selim Daniel Caetano – Cariacica

- Sidnei Lopes da Silva – Serra

- Venilton Pereira – Vila Velha

CAPÍTULO X

MISSA DE ABERTURA OFICIAL DA ESCOLA SÃO LOURENÇO

A inauguração oficial da Escola Diaconal de fato aconteceu em 10 de agosto de 2007, dia da comemoração e Festa de São Lourenço Diácono. O ato solene teve início com a Santa Missa presidida pelo Arcebispo Metropolitano, Dom Luiz Mancilha Vilela (*in memoriam*), e concelebrada pelos Padres Arlindo Moura de Melo, Luiz Henrique, Humberto Wuyt's (*in memoriam*), Frei Nolvi Dela Costa. Participaram seminaristas, os candidatos ao Ministério Diaconal e suas respectivas esposas. Durante a homilia, o Arcebispo destacou a caridade e a dedicação de São Lourenço como exemplo a ser seguido pelos futuros Diáconos, conclamando-nos a confiarmos no Senhor, "[...] pois é Ele quem escolhe e dá suporte para o exercício da missão [...]."

Após a homilia, perante o Arcebispo Dom Luiz Mancilha Vilela (*in memoriam*), os Padres presentes prestaram um juramento no qual se comprometiam a contribuir para que a Escola Diaconal caminhasse com êxito. Na sequência, eles foram abençoados pelo Arcebispo Metropolitano como um gesto de entrega. O ato solene concluiu-se com a palavra de Dom Luiz Mancilha Vilela (*in memoriam*), que manifestou a sua alegria por aquele momento histórico que se iniciava na Igreja de Vitória, que para ele ficaria marcado na vida dos presentes, ao que nos convidou para que nos empenhássemos com orações, a fim de que aquela obra pudesse dar bons frutos.

O término se deu com uma confraternização oferecida pelo diretor e equipe aos participantes. Assim, iniciou-se mais um ministério na caminhada da Igreja Particular de Vitória.

CAPÍTULO XI

DIACONIA: A DIMENSÃO QUE LIBERTA

"Diácono" é um termo que vem do grego antigo, διάκονος. O vocábulo aparece em torno de trinta vezes no texto do Novo Testamento. Sua tradução significa "ministro", "ajudante". As palavras próximas são *diakonia* (ministério ou diaconato) e *diakoneo* (servir ou ministrar). Trata-se de um ministério de origem apostólica, como constatam os textos de Atos 6,1-6; Filipenses 1,1; 1 Timóteo 3,8-13, cuja característica principal é ser ajudante dos líderes de uma Igreja particular local, muitas vezes aspirantes a futuros líderes. Nas Igrejas católica e ortodoxa eles possuem o primeiro grau do Sacramento da Ordem, sendo ordenados não para o sacerdócio, mas para o serviço da caridade e da proclamação da Palavra de Deus e da liturgia[2].

Na Igreja católica, os diáconos permanentes podem ser homens solteiros, casados ou viúvos. Já os diáconos transitórios, são aqueles que aspiram ao presbiterato. Ambos são membros do primeiro grau do Sacramento da Ordem e possuem a mesma fundamentação teológica, espiritual e pastoral. A essência do trabalho está no horizonte patrístico da diaconia, pois os diáconos são os ministros mais populares de uma determinada comunidade; eles são o braço direito do bispo (Didascália XI, 44,4). A principal missão de um diácono, antes da evangelização e da liturgia, é a ação social. Na tradição, cabia a ele informar ao bispo as necessidades da comunidade e ser o responsável pela ação social da Igreja[3].

Como prática concreta junto aos excluídos, aos caídos no meio do caminho, o amor é um afeto desafiador para os cristãos que se colocam na estrada da vida em busca do bem comum. O amor

---

[2] *Cf.* Revista *Encontros Teológicos*, ano 24, v. 54, n. 3, 2009.
[3] *Cf.* Revista *Encontros Teológicos*, ano 24, v. 54, n. 3, 2009.

Caritas, à luz do Evangelho de Jesus, tende a propiciar os elementos inspiradores para se realizar o sonho de uma sociedade mais justa. Por isso cabe lembrar aqui a Parábola do "Bom Samaritano". Ela nos conduz a uma reflexão sobre nossa convivência com o próximo. A misericórdia com o outro que não conheço deve ser exercício constante no atendimento às demandas próprias do mundo contemporâneo, em especial nos centros urbanos onde a procura por acolhimento é sempre mais exacerbada. Não por acaso, Jesus muda a pergunta: *"O que você faz para se tornar próximo do outro?"*

Como cristão, penso que a prática da caridade incondicional é o que nos impulsiona a nos aproximar de quem tem sido historicamente excluído; os homens e mulheres "caídos", pois são social, econômica e culturalmente fragilizados, vulneráveis e, sozinhos, quase sempre não conseguem seguir adiante. Por isso também lembro da passagem: *"Ainda que eu falasse línguas, as dos homens e dos anjos, se eu não tivesse o amor, seria como sino ruidoso ou como címbalo estridente"* (cf. 1Cor. 13,1), pois a cada momento somos chamados a vivenciar os milagres de Jesus: "Os milagres de Jesus, como serviço a pessoas necessitadas e como luta contra os poderes escravizadores, enquadram-se, portanto, na dimensão prática da ordem fundamental que Jesus deixou às pessoas que O seguem" (Mc 10, 35-45). Portanto, praticar a diaconia ensinada por Jesus é se colocar a serviço da palavra como anunciador do Evangelho em cada canto desse Universo. É ao menos tentar atingir com amor intenso, na integridade do ser caído pelo meio do caminho, as esferas política, econômica, social, cultural, religiosa etc. E se compadecer com a dor de tudo fazer para trazer o excluído e tentar incluí-lo no convívio social.

Em outras palavras: "Porque o Filho do Homem não veio para ser servido. Ele veio para servir e para dar a Sua vida como resgate em favor de muitos" (Mc 10, 45). Esse ensinamento é a ferramenta do Diácono Permanente a ser usada não só na parte interna da Igreja mas constante e insistentemente no meio do povo de Deus que está esquecido nas praças, nas vias públicas debaixo de viadutos, nas marquises das calçadas, que lotam os presídios etc. Como chegar até esses filhos caídos de Deus que precisam ser resgatados? Antes deles, precisamos entender e descobrir a Diaconia que está dentro de cada um de nós. Em muitos ela adormece, mas pode ser despertada e ser desenvolvida em prol dos necessitados, dos que tem fome e sede das bênçãos e graça divina e precisam receber o óleo da recuperação como pessoas importantes da sociedade.

A meu ver, este é o trabalho do Diácono Permanente que, iluminado pelo amor de Deus, cria as condições objetivas e subjetivas para não apenas compreender a realidade social que produz a exclusão, mas agir no sentido de acolher, dar voz, reconhecer e resgatar aqueles e aquelas que ao longo da história têm sido postos às margens das conquistas realizadas pela humanidade. Ser cristão, operar na Igreja Católica como um Diácono Permanente é ouvir o chamado dessas pessoas e tentar promover a transformação espiritual daqueles que são forçados a perder a esperança.

CAPÍTULO XII

CELEBRAÇÃO EUCARÍSTICA / COMEMORAÇÃO DOS 50 ANOS DA CRIAÇÃO DA ARQUIDIOCESE DE VITÓRIA / APRESENTAÇÃO DOS CANDIDATOS AO DIACONATO PERMANENTE

Com a fundação da criação da Escola Diaconal São Lourenço, em 10 de agosto de 2007, justamente no dia de comemoração de São Lourenço, o Diácono e Mártir, essa instituição tem dado continuidade à formação dos futuros diáconos, sempre a partir de uma totalidade que abraça a espiritualidade cristã, o conhecimento nos campos da Filosofia, Psicologia, Antropologia e Teologia Cristã, sempre a partir de perguntas e a busca por respostas que possam nos revelar a dinâmica da sociedade contemporânea, a partir de um entendimento mediado também pela Teologia do Ministério Diaconal.

Ao longo do caminho, por inúmeras razões, muitos colegas desistiram, em especial porque talvez tenham percebido que sua vocação não estava interligada com o Ministério Diaconal, devido aos seus desafios no mundo globalizado.

No dia 7 de junho de 2008, no Ginásio Dom Bosco, na cidade de Vitória-ES, a partir das 17h, foi realizada a Celebração Eucarística em comemoração aos 50 anos da criação da Arquidiocese de Vitória. Na ocasião estavam presentes os representantes da Província Eclesiástica do Estado do Espírito Santo. Os Bispos que pastoreiam a religiosidade do Estado concelebravam entusiasmados e alegres, em face da presença do presidente da Conferência Nacional dos Bispos do Brasil (CNBB), D. Geraldo Lyrio Rocha (*in memoriam*), Arcebispo de Mariana-MG.

Dentre os agradecimentos a Deus, por essa Ação de Graças, um dos momentos marcantes e significativos da historicidade da Igreja Católica de Vitória foi quando o Diretor da Escola Diaconal, Pe. Arlindo de Moura Melo, anunciou a presença dos 31 candidatos, que se dirigiram ao altar para serem acolhidos por D. Luiz Mancilha Vilela (*in memoriam*). De fato, naquele momento fomos reconhecidos como alunos do 1.º ano de Teologia sob o olhar atento da assembleia e demais autoridades políticas da Região Metropolitana, como Prefeitos e Vereadores de Cariacica, Vitória etc., com transmissão da Rádio "América" (emissora pertencente à Fundação Nossa Senhora da Penha, ligada à Arquidiocese de Vitória) para todo o estado do Espírito Santo.

Foi o primeiro momento de apresentação oficial, testemunhado pelo clero presente, pelos irmãos das CEBs e pela imprensa falada e escrita.

CAPÍTULO XIII

QUAIS OS CAMPOS DE ATUAÇÃO DO DIÁCONO PERMANENTE NA ARQUIDIOCESE DE VITÓRIA (ES) / PERSPECTIVAS E DESAFIOS

A princípio uma das maiores dificuldades nas reflexões e compreensão deste Ministério, inclusive de alguns membros do clero, era saber em que lugar o Diácono poderia exercer o seu trabalho ministerial.

Haverá conflitos com os Ministérios já existentes na Igreja? Será a extinção definitiva dos Ministérios? E os Ministros do Batismo e as Testemunhas Qualificadas do Matrimônio, será o seu fim? E os Ministros da Comunhão e da Palavra, terão os seus dias contados assim que vencerem o seu mandato de atuação nas Paróquias?

Diria que não! A resposta a esses desafios está na riqueza do Ministério Diaconal, cujo trabalho sempre dependerá da atuação coletiva com todas as equipes sem conflitar e renegar a importância dos Ministérios que continuarão a exercer seus trabalhos nas comunidades e Paróquias regularmente, conforme as necessidades da Igreja.

Observe-se com atenção a orientação que D. Luiz Mancilha Vilela *(in memoriam)* expressa na Carta Pastoral — *"Orientações sobre Diaconato Permanente – 2006"*, sobre o campo de atuação do Diácono Permanente além do espaço interno da Igreja:

> Assim, o Diácono Permanente exercerá o seu Ministério nas Paróquias e na Arquidiocese, prioritariamente sob este prisma missionário. Exercerá também o Ministério Diaconal nos diversos ambientes onde o Bispo não poderá estar diuturnamente, como

por exemplo, universidades, saúde, Justiça, Educação nos seus diversos níveis, entre outros.

Fica claro que a atuação do Diácono Permanente não se prende apenas à aplicação da diaconia da Palavra, litúrgica e da caridade *ad intra* da Igreja, e sim *ad extra* da Igreja nos desafios com os caídos da sociedade, sem vez e voz nas decisões do seu país.

O objetivo é ampliar nosso contato com a sociedade e levar a verdade do espiritual fundamentada no Evangelho; compartilhá-la nas instituições educacionais, no âmbito dos promotores da saúde pública, da justiça, do mundo empresarial, nos presídios, e em todos os confins da Terra. A presença do Diácono Permanente, junto com os irmãos e religiosos da Igreja Católica, só agrega força para a transmissão da Boa Nova de Jesus e, nesse sentido, pode de fato contribuir para a promoção da igualdade social, da proposta de inclusão de todos seres humanos sem distinção de cor, etnia e/ou condição socioeconômica:

> O Diácono Permanente, por sua condição de ministro ordenado é inserido nas complexas situações humanas, em amplo campo de serviço em nosso Continente. Através da vivência da dupla sacramentalidade, a do Matrimônio e a da Ordem, ele realiza seu serviço, detectando e promovendo líderes, promovendo a co-responsabilidade de todos para uma cultura da reconciliação e da solidariedade... principalmente nas zonas rurais distantes e nas grandes áreas urbanas densamente povoadas, onde só através dele um ministro ordenado se faz presente (SD76-77) (CNBB, 2004).

Esse trabalho *ad extra* da Igreja se complementa com a comunhão fraterna e participativa dos leigos nos campos específicos de sua atuação, bem como conhecimento prévio do Bispo e do Pároco onde o Diácono Permanente atua nos trabalhos internos e externos da Igreja.

A atuação do Diácono Permanente com *ad extra* da Igreja engloba as dimensões social, política, econômica, cultural do Brasil desde a sua colonização até os dias atuais. Com isso, podemos afirmar que o trabalho da diaconia é vasto em função das perdas que ao longo da história atingiram o povo brasileiro, em função das injustiças sociais que atingem os médicos, as superlotações nos corredores dos hospitais públicos, onde a vida humana tem sido desrespeitada até o último instante.

Face a esses desafios da cidade, a seguir aponto alguns mecanismos de atuação que o Diácono Permanente pode exercer na construção de um mundo menos desigual:

- Política

- Educação

- Saúde pública

- Presídios

- Meio Ambiente

- Família

- Convivência ética na diaconia

- Na administração patrimonial da Igreja de Vitória (Arquidiocese, Diocese, Paróquias)

No campo da política

A insatisfação com os políticos é uma constante em quase todo contexto social. A incerteza que a sociedade civil tem com a política, por não se colocar em prática tudo que é prometido durante a campanha eleitoral, requer um novo olhar do eleitorado brasileiro.

A política, quando vivida em plena democracia, renasce no que tem de belo em cada ser político, reconhecendo o bem comum dos que compõem o crescimento do Estado.

Aristóteles, avaliando a relação do Estado com os homens em política, deixa explícito qual é a relação política de cada ser: "Que o

Estado é uma criação da natureza e que o homem é por natureza um animal político. Se alguém, por natureza e não só acidentalmente, vive fora do Estado, é superior ou inferior ao homem" (Mondin, 1981, p. 103).

Partindo do pressuposto de que todos somos seres em cujas veias circula o sangue da política, não estamos fora das decisões, e por haver grandes decepções, descasos com a opinião pública de diversos parlamentares é que a diaconia política tem o seu lugar em todos os segmentos.

Aí está a importância do Diácono Permanente como formador nas CEBs, com todo o povo de Deus, orientando a votar em candidatos que tenham compromisso com o cidadão antes e depois do processo eleitoral e cujos princípios éticos estejam pautados nos ensinamentos das Sagradas Escrituras.

Na educação

O noticiário cotidiano veiculado pelos principais canais de comunicação tem acentuado as notícias relativas aos atos de violência praticados por alunos de diversas instituições educacionais. Em muitos desses eventos ocorrem agressões morais e físicas que chegam até a morte das vítimas. Toda a sociedade fica perplexa. Mas, afinal, por que tanta violência e desrespeito em um ambiente onde a danificação do ser social deveria estar protegida? Afinal, será que os alunos e professores, no caminhar de suas histórias, têm tido acesso a um tipo de conhecimento que efetivamente visa ao bem comum, tanto no presente como no futuro? Infelizmente, a cada dia que passa o medo e a preocupação têm sistematicamente aumentado, o que não apenas intimida mas tende a enfraquecer a interação dos educadores que querem compartilhar seus conhecimentos e muitas vezes são impedidos de lecionar.

Em "Escola não combina com violência" (Bezerra, 2006), tematizo e teço uma reflexão sobre o porquê da violência nas escolas. Observe o depoimento de um ato violento praticado por um aluno que aparentemente, ou ao menos em tese, disporia de sua

DIACONATO PERMANENTE

plena capacidade racional, teria conhecimento do ato que praticava, mas infelizmente desconsiderou o respeito que deveria ter com a comunidade escolar da qual faz parte: "Já levei cachaça para a escola três vezes e me pegaram. Menti para a professora e meu pai até hoje não sabe, mas já cheguei a cair bêbado. Sempre aprontei, mas não sei por que eu faço isso, acho que é pela zoação, ou para me divertir com meus amigos."

Mediante esse comportamento, e aparentemente consciente do que diz, tudo sugere que a atitude desse aluno foi mesmo deliberada, pois, a rigor, o que as principais teorias das ciências humanas nos ensinam é que todos seríamos dotados da faculdade da razão. Contudo, há teorias que consideram que, de fato, o ser humano é não apenas dotado de consciência, mas que seus atos e comportamentos muitas vezes são o resultado do inconsciente. Nesse sentido, o aluno talvez pudesse não ter tido a real consciência da gravidade do ato cometido, ainda que fosse reincidente.

O que de fato teria acontecido para que ele e tantos outros agissem de forma desproporcional àquilo que se deseja do comportamento humano? Será que a esse aluno teria faltado a formação elementar, fincada na ética cristã? Na realidade, pouco importa em que religião está inserido. E a família, os pais, os responsáveis? Teriam eles, no dia a dia, realizado o devido acolhimento afetivo, o reconhecimento dessa pessoa como um ser que merece ser amado? Teriam eles lhe ensinando a viver e conviver de forma a respeitar a si mesmo e a outrem, em todos os segmentos da sociedade, inclusive na escola, onde a possibilidade de aprender a exercitar a cidadania lhe é dada a cada momento. O professor é formador de opiniões. Se ele foi formado a partir da ética cristã, em tese ele tem o compromisso com a diaconia pautada no amor ao aluno, a quem, no decorrer de sua coexistência, faltaram os ensinamentos morais, éticos e cristã.

Na saúde pública

A vida é o maior patrimônio que o Criador permitiu que chegasse até ao mundo dos homens: "E Deus criou o homem à sua imagem; à imagem de Deus ele o criou; e os criou homem e mulher (Gn 1, 27)". Infelizmente, em função de políticas que tendem a reduzir o tamanho e o papel do Estado, o bem-estar físico e social da população tem sido um dos setores que menos recebem investimentos que deveriam ser destinados à saúde pública. As consequências são nefastas. Elas vão desde a falta de medicamentos, equipamentos apropriados, contratação dos operadores e operadoras (médicos, enfermeiros, técnicos) da saúde, baixa remuneração e reconhecimento do trabalho desses profissionais etc.

Tudo isso afeta a vida daqueles que, na condição de pacientes, em geral pessoas que pertencem à classe que vive do trabalho, assalariados que necessitam do atendimento oferecido pelo estado, acabam por sofrer as mazelas desse tipo de política pública. Portanto, não cabe culpar aquele ou aquela operadora da saúde que está na linha de frente do problema. Eles muitas vezes, imbuídos do espírito cristão, de tudo fazem para ajudar. Contudo, há também uma demanda reprimida que diz respeito à formação desses profissionais, que carecem de uma educação pautada nos princípios de uma ética que reconheça o outro na sua inteireza, na legitimidade que lhe é própria.

O pressuposto básico aqui é a defesa da vida. O médico, guiado pelo princípio da ética cristã libertadora, vai para além da sua competência técnica e acolhe o paciente como um irmão. Ele não mede esforços no atendimento imediato da dor, independentemente do espaço social que a pessoa ocupa na produção social da existência. O operador da saúde pública ou privada, no corre-corre que é típico dessa profissão em um país continental como o Brasil, muitas vezes pode perder o afeto mais importante para sua atividade, que é o amor incondicional por cada vida que até ele chega. Mesmo que não seja sua atribuição (falar do amor de Jesus), quando fundamentado na ética cristã, o médico ou a médica, ou mesmo qualquer operador direto da saúde, se por acaso tivesse a presença de um Diácono Permanente, talvez conseguisse escutar melhor as angústias e sofrimentos dos pacientes que na trajetória de sua vida quase nunca tiveram oportunidade de ser ouvidos tampouco lhes anunciaram a Boa Nova de Jesus, amando "[...] ao seu próximo como a si mesmo" (cf. Lc 10, 27).

Esse é o trabalho do Diácono Permanente, amar aos seus irmãos que estão caídos nos hospitais à procura de carinho, atenção e acolhimento, tanto fisicamente como na orientação espiritual.

Nos presídios

A cada dia que passa as delegacias já não comportam os números altíssimos de seres condenados a viver como indigentes num espaço físico mínimo que não dá para atender uma única pessoa com os direitos que lhe são devidos, mesmo tendo cometido o pecado do crime, que o leva ao sofrimento por muito tempo, inclusive o psicológico.

São uns abandonados, esquecidos da sociedade, que muitas vezes perderam a esperança do retorno ao mundo perdido e, o que é pior, perderam a fé no Criador. A Palavra de Deus transcende a cada espaço construído por qualquer ser vivo deste Universo. O Diácono Permanente e missionário tem papel relevante na transformação desses homens e mulheres que anseiam voltar para o seu mundo... e só o amor como exercício diário na vida dessas pessoas possibilitará o retorno confiável à sociedade que tanto Deus almeja aos homens de boa vontade. O Diácono Permanente, com a companhia do Espírito Santo, é a ligação de Deus com o seu povo aqui na Terra.

No meio ambiente

Não é de hoje a preocupação com a "Mãe Terra". *"LAUDATO SI', mi' Signore* – Louvado sejas, meu Senhor", cantava São Francisco de Assis. Nesse gracioso cântico, recordava-nos que a nossa casa comum se pode comparar ora a uma irmã, com quem partilhamos a existência, ora a uma boa mãe, que nos acolhe nos seus braços: "Louvado sejas, meu Senhor, pela nossa irmã, a mãe terra, que nos sustenta e governa e produz variados frutos com flores coloridas e verduras". Tem sido motivo de debates no mundo inteiro o aquecimento global, que tem provocado mudanças climáticas em diversos lugares do mundo, mudando drasticamente a estação do tempo próprio para outro momento, causando muitas vezes prejuízos a todos os seres viventes, sejam racionais ou irracionais (Papa Francisco, 2015). Do Salmo 8 pode-se extrair a reflexão do homem em relação à grandeza de Deus e a obra que Ele criou; que o ser humano deve tratar com bastante precisão e cuidado: "Ovelhas e bois, todos eles e as feras do campo também; as aves do céu e os peixes do oceano, que percorrem as sendas dos mares" (cf. Sl 8, 8-9).

No 2º § da sua *Carta Encíclica*, Papa Francisco (2015) assim se pronuncia:

> Esta irmã clama contra o mal que lhe provocamos por causa do uso irresponsável e do abuso dos bens que Deus nela colocou. Crescemos a pensar que éramos seus proprietários e dominadores, autorizados a saqueá-la. A violência, que está no coração humano ferido pelo pecado, vislumbra-se nos sintomas de doença que notamos no solo, na água, no ar e nos seres vivos. Por isso, entre os pobres mais abandonados e maltratados, conta-se a nossa terra oprimida e devastada, que "geme e sofre as dores do parto" (*Rm* 8, 22). Esquecemo-nos de que nós mesmos somos terra (cf. Gn 2, 7). O nosso corpo é constituído pelos elementos do planeta; o seu ar permite-nos respirar, e a sua água vivifica-nos e restaura-nos.

O trabalho diaconal *ad extra* da Igreja, no que tange ao cuidado com a preservação da vida, da natureza e dos animais tem tanta importância quanto a obra máxima que Deus criou: o ser humano. A meu ver, a religiosidade prática do Diácono Permanente nas comunidades tem como pilar o ensinamento para os irmãos, o cuidado constante com a "Mãe Terra", que nos acolhe desde o primeiro instante que Deus colocou vida aqui na Terra.

Em "A Mãe Terra pede socorro" (Bezerra, 2001), afirmo que naquele momento já havia uma grande preocupação com a nossa grande moradia, que sofre a cada instante por causa da brutalidade desenfreada de alguns representantes da espécie. Na perspectiva do cuidado, observo um dos pontos preocupantes da reflexão: "Se não fizermos alguma coisa em caráter de urgência, conscientizando a população em defesa de nossa Mãe Terra, as futuras gerações sentirão ódio daqueles que nada fizeram contra as agressões ambientais" (Bezerra, 2001).

À Luz da Palavra de Deus, o trabalho diaconal tem a responsabilidade de educar, ensinar ao povo de Deus o significado da palavra *cuidado*, como companheira constante na vida dos seres humanos que prezam pela defesa da vida para as futuras gerações. O Diácono Permanente, quando efetivamente aceita sua vocação, pode ser considerado um aliado do projeto de Deus e assim contribuir com os outros que ainda não conhecem ou não despertaram para o necessário *cuidado de si*, pois o *cuidar de si* é o *cuidar* da nossa *casa Terra* que nos abriga e nos permite viver dos frutos dela. Como nossos aliados estão aqueles que por meio da ciência, do conhecimento científico, têm se dedicado a sistematicamente defender a natureza, a ecologia, o meio ambiente. Essas pessoas, ainda que sejam leigas, acabam por assumir o projeto de Deus, pois emanam um amor caridoso com tudo aquilo que nos permite a vida. Viver dessa forma é praticar a caridade.

Na família

No pontificado de João Paulo II (1978-2005), entre tantos momentos significativos que ele deixou para a reflexão do ser humano se aproximar mais de Deus, em todos os segmentos possíveis, ele deixou este ensinamento: "O futuro da humanidade passa pela família". Está mais que provado que para o sucesso de qualquer ser vivente racional são necessários os valores que a família lhe ensina no decorrer da sua história.

No campo de atuação do Diácono Permanente, entre tantos espaços de evangelização na Igreja, é fundamental que a sua presença esteja em plena harmonia com a sua família, na construção de um mundo melhor a partir da Palavra de Deus. O engajamento qualificado na "Pastoral Familiar" tem implicações diretas e indiretas para outras pastorais, pois envolve a formação do ser enquanto ser aqui na Terra. Por isso tenho defendido a urgente, porque necessária, reativação das pastorais da Criança e Juventude, da Saúde, da Educação e também a Pastoral Carcerária.

O Diácono Permanente, juntamente com o seu Pároco, não deve medir esforços para o crescimento da "Pastoral Familiar" em sua Paróquia. Ele tem como compartilhar o conhecimento que Deus nos permite incorporar no campo da formação das crianças por meio dos Sacramentos do Batismo, Eucaristia e principalmente Crisma, levando os adolescentes a terem firmeza em relação ao projeto de Deus e ao seu envolvimento na comunidade e na vida social. O Diácono Permanente tem um campo enorme nesse trabalho de formação e conscientização de uma comunidade, para que ela se torne próspera e participativa na construção de mundo mais independente da exploração do primeiro mundo.

Convivência ética na diaconia

A lógica que impera no âmbito das relações humanas, nas sociedades contemporâneas, quer seja no contexto urbano ou rural, quase sempre nos conduz ao medo e afastamento do outro, o estrangeiro, o *estranho* a nossa comunidade primeira: famílias, amigos, Igreja, bairro. Ainda que estejamos na era da conexão globalizada, na qual com um simples *clique*, no *mouse* ou no aplicativo de um dispositivo celular, se consegue conversar com uma pessoa em quase qualquer lugar do planeta, a rigor essa conexão, que é majoritariamente virtual, acaba também por reproduzir a lógica da exclusão, da alienação, do individualismo, da violência que subjaz na realidade "presencial". Nesse sentido, quando nos deparamos com pessoas que não conhecemos, é natural uma aproximação com certo cuidado e às vezes até preconceituosa, com aquele com quem nunca nos relacionamos.

O outro tende a ser visto como uma ameaça, muito também em função do espírito competitivo, pois pode estar mais bem preparado do que eu. Por não ter passado pelo crivo do novo que o estranho me apresenta, muitas vezes não deixei que as portas de uma nova realidade se fizessem presentes no meu cotidiano. O livro *Virtudes para um Mundo Possível,* de Leonardo Boff, descreve a convivência que se dá no encontro com o desconhecido:

> Compreender o outro supõe, na medida do possível, a superação da distância que nos separa dele. Trata-se de estabelecer uma ponte entre dois que se consideram mutuamente diferentes. Quando abordamos a hospitalidade consideramos a acolhida, a escuta, o diálogo entre outros passos como formas de compreensão que possuem um lado intelectual e também um lado prático de acercamento. Na medida em que se supera o estranhamento e se afastam os modos, nesta medida se abre uma via de compreensão viva e concreta (Boff, 2006, p. 27-28).

Diante desses comportamentos, o desafio do Diácono Permanente é diminuir os passos que separam a boa convivência. O estranhamento, o espanto, nos conduz a vivermos eticamente com aquele que outrora caminha na contramão dos valores. Como agir corretamente diante de uma situação que não está longe do trabalho do Diácono Permanente na sua relação com o clero, comunidade e a sociedade num todo? Em "Por que viver a ética?" (Bezerra, 2005), teço comentário sobre o comportamento das pessoas nas situações adversas, a partir da ideia de que esta poderia e deveria ser uma *prática constante* para se ter um bom entendimento com o *não idêntico* a nós em todos os segmentos de grupos e classes sociais, pois, a meu ver, viver eticamente é ter o olhar vivo, no qual o amor deve ser a essência principal de qualquer relacionamento humano, independentemente das adversidades que tentam diminuir a alegria do viver pautada no afeto amoroso que visa à paz.

A atuação do Diácono Permanente deve, necessariamente, ser pautada no amor, caso contrário ele estará sempre em guerra com o estranho, com o *diferente* que muitas vezes em nada nos ameaça. Aquele que opera interligado com o amor incondicional que é a prática constante da diaconia de Jesus enfrentará qualquer adversidade. Esses campos de concentração serão substituídos pela convivência ética do amor praticada todos os dias pela caridade, que encurtará a distância dos amados de Deus propiciando um mundo novo de tolerância. Esse é o papel do Diácono Permanente: criar novos laços de convivência ética por onde passar... essa caminhada se concretiza todos os dias, onde estiver um ser humano, eis o desafio da convivência diaconal.

Na administração patrimonial da Igreja de Vitória (Arquidiocese, Diocese, Paróquias)

Citamos diversos campos de atuação em que o Diácono Permanente *ad extra* da Igreja pode atuar. Esses trabalhos não se esgotam somente no que se refere à política, à educação, a hospitais etc. A imensidão contínua dos desafios e respostas para a sociedade exige desses irmãos uma coerência ética e cuidados com os bens materiais que por necessidade do andamento de seus serviços, ao longo de sua evangelização, a Igreja foi construindo e administrando esse patrimônio com cuidado, zelo, herança que tem como dono o próprio Criador da humanidade.

A Igreja, além de seu papel evangelizador, paralelamente a essa missão, ela vai registrando a sua tradição histórica. Tradição essa que vai acumulando na sua história um acervo imenso de suas atuações, gerando um conjunto de acontecimentos, testemunhos de uma religiosidade de grande relevância para o conhecimento da sociedade.

Destacaremos alguns pontos estratégicos de sua atuação nesse patrimônio cultural:

- Arquivo (Centro de Documentação)

- Museu histórico

- Igrejas históricas tombadas pelo Patrimônio Histórico, como: Catedral Metropolitana de Vitória; Paróquia Nossa Senhora do Rosário; Santuário Divino Espírito Santo, Vila Velha. Epifania do Senhor aos Reis Magos, Nova Almeida;

Paróquia Nossa Senhora da Assunção; de Anchieta, etc., sem contar toda a história CEBs, que têm seus registros dia após dia em seu Livro de "Tombo".

Tudo isso são frutos da riqueza de Deus construída pelos missionários de Cristo de "ontem", "hoje" e "sempre". Dando sequência ao processo contínuo de atuação do Diácono Permanente à frente da administração patrimonial da Igreja, vejamos o que afirma o Pe. Jair Côco: "A preservação e o cuidado constante, sempre esteve presente nas orientações de D. Luiz Mancilha Vilela a responsabilidade total dos registros cotidianos e toda a história evangelizadora da província eclesiástica do Estado do Espírito Santo".

Esse trabalho passa pelo Diácono Permanente, que tem um compromisso eterno com a Igreja e com ele mesmo na proteção dos registros de evangelização para o bem comum da sociedade, com a presença da Santíssima Trindade.

CAPÍTULO XIV

ORIENTAÇÃO DO SUMO PONTÍFICE JOÃO PAULO II SOBRE A "DIACONIA DA VERDADE"

Da Carta Encíclica *"FIDES ET RATIO"* do SUMO PONTÍFICE João Paulo II *(in memoriam)* aos Bispos da Igreja Católica sobre as relações entre "Fé e Razão", Paulinas – 160, o Papa João Paulo II *(in memoriam)* nos orienta como devemos procurar e exercer a verdade em todos os segmentos que permeiam a ação humana. Desde o início da civilização, até a contemporaneidade que o ser movido de razão se dirige constantemente em busca da verdade e como essa verdade caminha no meio dos homens; segundo o Papa João Paulo II *(in memoriam)*:

> Tornamo-nos participantes de tal missão de Cristo profeta, e, em virtude dessa mesma missão e juntamente com Ele, servimos à Verdade Divina na Igreja. A responsabilidade por essa Verdade implica também amá-la e procurar obter a sua mais exata compreensão, a fim de tornarmos mais próxima de nós mesmos e dos outros, com toda a sua força salvífica, com o seu esplendor, com a sua profundidade e simultaneamente a sua simplicidade [N. 19: AAS 71 (1979), 306].

"Redemptor hominis". Primeira Encíclica do Papa João Paulo II *(in memoriam)*. A interação do Diácono Permanente em todos os campos possíveis, com a bênção de Deus e da Igreja, é um desafio constante na prática da verdade. O sucesso desse trabalho se consolida com a prática do amor verdadeiro no contato com o ser humano dia após dia. Jesus nos deixou um amor incondicional como exemplo, para a aplicabilidade de suas ações para com os menos favorecidos. Pois

Deus amou de tal forma o mundo, que entregou o Seu Filho Único, para que todo o que nele acredita não morra, mas tenha a vida eterna (cf. João 3, 16). Não existe na face da Terra, desde a sua criação lá no Jardim do Éden, até os dias de hoje, um amor tão verdadeiro, exclusivo na salvação do outro.

Prática diaconal requer a busca da verdade em seus atos durante o tempo que Deus lhe permitir viver na terra dos homens, que procuram incessantemente a verdade.

CAPÍTULO XV

ENCONTRO DOS ASPIRANTES EM FASE DE DISCERNIMENTO / PROPEDÊUTICO COM OS CANDIDATOS AO DIACONATO PERMANENTE — 1.º ANO DE TEOLOGIA

No seu prosseguimento normal de formação ao Diaconato Permanente, a Escola Diaconal promoveu o 1.º Encontro da nova turma de 2008, composta por 19 aspirantes, com os alunos do 1.º ano de Teologia, com 29 presentes no Retiro Espiritual de 4 a 5 de julho de 2008, na Casa Martina Toloni, em Vila Velha, com assessoria do Pe. Paulo Sérgio Vailant, desenvolvendo o tema *"Discípulos e Missionários"*.

Um tema bastante adequado para quem está no processo de discernimento diaconal. De fato, foi a primeira vez que a Igreja Particular de Vitória reuniu 48 candidatos para um "novo serviço da Igreja". Louvado seja o Pai, o Filho e o Espírito Santo, que nos conduziu nessa caminhada e tenho certeza que continuará a nos abençoar na formação desses homens que estão determinados a servir a Igreja e ao projeto de vida com "ardor missionário" nos ensinamentos da Sagrada Escritura, compartilhando a "caridade" além fronteiras.

CONCLUSÃO

Na noite de 3 de agosto de 2007, iniciou-se o tão sonhado sonho: ser diácono. Servir a Deus, a Igreja e ao povo de Deus, sob a "Luz do Evangelho". Uma noite memorável e inesquecível para os 36 alunos motivados pela esperança e fé na Santíssima Trindade, demos início a um novo ciclo e entramos para os registros da história da Igreja Católica de Vitória-ES. Nos bancos da Escola Diaconal São Lourenço aos poucos nos familiarizamos com a grade curricular. Foram quatro anos de estudos, vivências e experiências com os novos movimentos que a vida nos apresentava.

Da turma inicial, doze colegas não concluíram o curso. Talvez por terem concluído que o diaconato não era a vocação, escolheram permanecer como "leigos" atuantes em suas comunidades. Cinco alunos faleceram e atualmente a Arquidiocese de Vitória, ES, conta com sessenta e quatro diáconos permanentes que atuam em diversas Paróquias da Grande Vitória[4].

Há que se enfatizar que a concretização do desejo, do sonho de construção de uma escola de formação de diáconos, da cidade de Vitória, deve-se a inúmeros atores sociais, mas a glória só pôde ser efetivamente alcançada devido à generosa ação e sensibilidade do saudoso homem santo, ex-Arcebispo Metropolitano de Vitória D. Silvestre Luiz Scandian (*in memoriam*), que esteve presente nas diligências iniciais, e também com o envolvimento do ex-Arcebispo D. Luiz Mancilha Vilela (*in memoriam*), que deu continuidade e envolveu-se de forma engajada nos trabalhos subsequentes.

Os estudos e a prática relativos ao Diaconato Permanente da Igreja de Vitória, ao longo de duas décadas, não se esgotam nos relatos desse *diário de um diácono*. Este representa apenas um fragmento de uma *memória afetiva* que busca zelar e recuperar as lembranças de quem viveu e continua a viver a divina beleza do que significa,

---

[4] A Grande Vitória é um complexo metropolitano interligado por seis municípios: Vitória (capital do estado do Espírito Santo), Vila Velha, Serra, Cariacica, Viana, Guarapari.

na qualidade de Diácono Permanente, servir a Deus. A rigor, são *fragmentos de memórias*. Meus registros pessoais, minhas lembranças e as lembranças e memórias de colegas com quem compartilhamos os quatro anos de formação na Escola Diaconal São Lourenço, assim como todos os religiosos (Padres, Bispos etc.) com que convivemos ao longo do nosso período de formação. *Estas* memórias podem, sim, inspirar a gestação de trabalhos mais densos no futuro próximo. Temos um longo caminho pela frente no que tange a uma convivência ética fraterna de todos os irmãos envolvidos nesse serviço da Igreja, pautado na Palavra Salvífica de Nosso Senhor Jesus Cristo.

Muitas são e serão as reflexões a respeito deste Ministério tão importante para o anúncio do Evangelho.

Outro importante ator social que merece ser homenageado é o Diácono Permanente José Durán y Durán, da Diocese de Palmares (PE). Em 18 de maio de 2003 Durán y Durán nos visitou a pedido do Dom Silvestre Luiz Scandian (*in memoriam*), que à época era Arcebispo de Vitória. O objetivo era permitir que ele compartilhasse suas experiências e com isso pudesse dirimir dúvidas, esclarecer pontos ainda não tão bem conhecidos e, dessa forma, fortalecer o compromisso do clero. Mais ainda, e principalmente, permitir que os leigos, representantes de diversas Paróquias da Grande Vitória e interior do Estado, compreendessem a real característica da prática, do trabalho deste Ministério (diaconal), no que diz respeito à sua atuação dentro e fora da Igreja. Prática cristã marcada por uma relação na qual o princípio básico é o da "caridade", na companhia inseparável dos valores inspirados na ética cristã, da obediência e conhecimento dos limites que este Ministério proporciona na evangelização do povo de Deus, nesse mundo globalizado, repleto de perspectivas e desafios. Nada se conseguiria se não tivesse a presença da Santíssima Trindade.

É envolvido com todo esse movimento, com muito amor e respeito pela vida, que deixo aqui meu testemunho neste *Diário de um diácono*. Uma parte da caminhada que culminou com minha ordenação iluminada e inspirada pelo criador. Atualmente, na qualidade de decano dos diáconos da Arquidiocese de Vitória, já são quase quatorze anos de ordenação e vida abençoada na prática diaconal.

Finalizo este registro com o pensamento de São Bernardo, que muito me ajudou e continua a me ajudar nesta caminhada:

> Há pessoas que querem saber só com o objetivo de saber, e é torpe curiosidade. Há pessoas que querem saber para serem apreciadas, e é torpe vaidade. Há pessoas que querem saber para vender sua ciência, por exemplo, por dinheiro, pelas honras, e é torpe ganância. Mas há pessoas que querem saber para edificar, isto é caridade (Sermão 36).

Louvado seja Deus por tudo isso que vem acontecendo na Igreja e com o Seu Povo. Amém.

REFERÊNCIAS

BESSELAAR, José Van den. Conferência: Heródoto, o Pai da História. **Revista de História**, ano XIII, v. XXIV, n. 49, p. 3-26, 1962. Disponível em: https://www.revistas.usp.br/revhistoria/article/view/121556/118443. Acesso em: 5 jun. 2024.

BEZERRA, Alberes. A Mãe Terra pede socorro. **A Tribuna**, Vitória, ES, 3 mar. 2001.

BEZERRA, Alberes. Escola não combina com violência. **A Tribuna**, Vitória, ES, 4 mar. 2006.

BEZERRA, Alberes. Por que viver a ética? **A Tribuna**, Vitória, ES, 9 set. 2005.

BÍBLIA SAGRADA. Edição Pastoral. Gênesis. São Paulo: Paulus, 2006.

BÍBLIA SAGRADA. Edição Pastoral. Salmos. São Paulo: Paulus, 2006.

BÍBLIA SAGRADA. Edição Pastoral. 1 Coríntios. São Paulo: Paulus, 2006.

BOFF, Leonardo. **Virtudes para um outro mundo possível**. v. II. Convivência, Respeito e Tolerância. Petrópolis, RJ: Vozes, 2006.

CARTA ENCÍCLICA FIDES ET RATIO DO SUMO PONTÍFICE JOÃO PAULO II. Aos bispos da Igreja Católica sobre as relações entre fé e razão. 9. ed., p. 7. 2006. São Paulo.

CNBB. **Diretrizes para o diaconato permanente**. Formação, Vida e Ministério do Diácono Permanente da Igreja no Brasil. Documentos da CNBB. 74. São Paulo: Paulinas, 2004.

FERNANDES, Carlos José (Prof.). **20 anos de vivência pastoral**. 1988-2008.

FERNANDES, Carlos José (Prof). **Reflexões a respeito do diaconato permanente na Igreja particular de Vitória**. 2008.

GAEDE NETO, Rodolfo. **A diaconia de Jesus**: contribuição para a fundamentação teológica da diaconia na América Latina. São Leopoldo, RS: Sinodal: Centro de Estudos Bíblicos; São Paulo: Paulus, 2001.

GOMES, Pe. Anderson. Igreja prepara homens casados para Ordenação. **Revista Vitória**, ano 2. n. 1, p. 12-13, jan./fev. 2007.

GOMES, Pe Anderson. Um novo serviço para a Igreja de Vitória! **Revista Vitória**, Vitória, ES, Ano 2, n. 7, ago. 2007.

LENZI, Eduardo Barbosa; VICENTINI, Max Rogério. Vico e a história como ciência. **Acta Scientiarum**, Maringá, v. 24, n. 1, p. 201-210, 2002. Disponível em: https://periodicos.uem.br/ojs/index.php/ActaSciHumanSocSci/article/download/2436/1707/. Acesso em: 5 jun. 2024.

MONDIN, Batista. **Curso de Filosofia**: vol. I. São Paulo: Paulus, 1982.

OLIVEIRA, Rosana Rodrigues de. A nova ciência de Giambattista Vico1e os princípios norteadores do nascimento e desenvolvimento do mundo civil. **Revista Primordium**, v. 4 n. 7, jan./jun. 2019. Disponível em: http://www.seer.ufu.br/index.php/primordium. Acesso em: 5 jun. 2024.

PAPA FRANCISCO. **Carta Encíclica Laudato Si' do Santo Padre Francisco sobre o cuidado da casa comum**. 2015. Disponível em: https://www.vatican.va/content/francesco/pt/encyclicals/documents/papa-francesco_20150524_enciclica-laudato-si.html. Acesso em: 12 ago. 2017.

SS.CC VILELA, Dom Luiz Mancilha. Arcebispo da Arquidiocese de Vitória – ES.

Carta Pastoral sobre Diaconato Permanente. Carta: 0003 – 11/2006, p. 9.